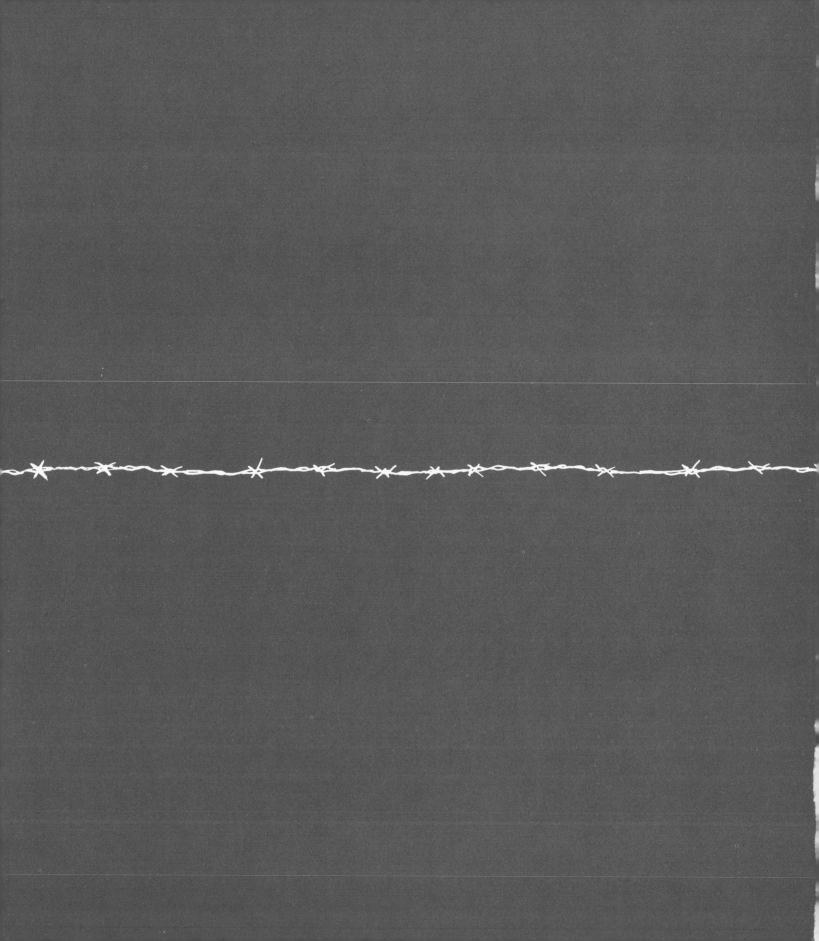

El jardín del niño

3/12

El jardín del niño

Michael Foreman

Traducido por Alberto Jiménez Rioja

LECTORUM
PUBLICATIONS INC.
a subsidiary of Scholastic Inc.
New York

El niño la vio después de una noche de lluvia: una mancha verde entre los escombros, algo que curioseaba buscando el sol.

Apartó unos cuantos ladrillos rotos para que nada cayera y aplastara la diminuta planta. Ignoraba qué clase de planta era, si una flor o maleza; sólo sabía que lucharía por sobrevivir.

Buscando por los alrededores, el niño encontró una vieja lata que contenía un poco de agua de lluvia y regó la planta con ella.

—Bebe —susurró—. Bebe.

El sol ascendía en el cielo y el niño la protegió de sus rayos con unos alambres y un saco viejo.

El mundo del niño era un lugar de ruinas y escombros, rodeado por una cerca de alambre de espino. El aire del verano, sofocante y seco, estaba cargado de polvo. Unas colinas remotas parecían temblar en la bruma. El niño sabía que por las laderas de aquellas colinas descendían frescos arroyos; solía ir por aquellos parajes con su padre, pero ahora quedaban al otro lado de la cerca.

Cuidó su jardín secreto durante varias semanas. Cuando los tiernos brotes verdes treparon por la alta cerca de alambre, el niño se dio cuenta de que era una enredadera.

Extendiéndose por encima de la cerca daba sombra a sus recientes tallos que, a su vez, brotaban nuevos retoños.

Llegaron pájaros y mariposas con semillas y polen
en sus alas. El jardín creció. Dejó de ser un secreto.

Empezaron a venir amigos que se sentaban a su sombra

y se convirtió en un lugar de juego para los niños.

Pero entonces, un día,
aparecieron unos soldados.
Arrancaron la enredadera
y la tiraron en una zanja
al otro lado de la cerca.

Al niño se le partió el corazón.

Llegó el invierno.

El niño y su familia tiritaban de frío y de humedad
en las ruinas de su casa.

La primavera se hizo esperar. Tras la primera noche de lluvia después de semanas, el niño se dio cuenta de que en la zanja habían aparecido brotes verdes. Algunas de las semillas de su enredadera habían sobrevivido al invierno. No pudo acercarse lo suficiente como para regarlas. Estaban al otro lado de la cerca.

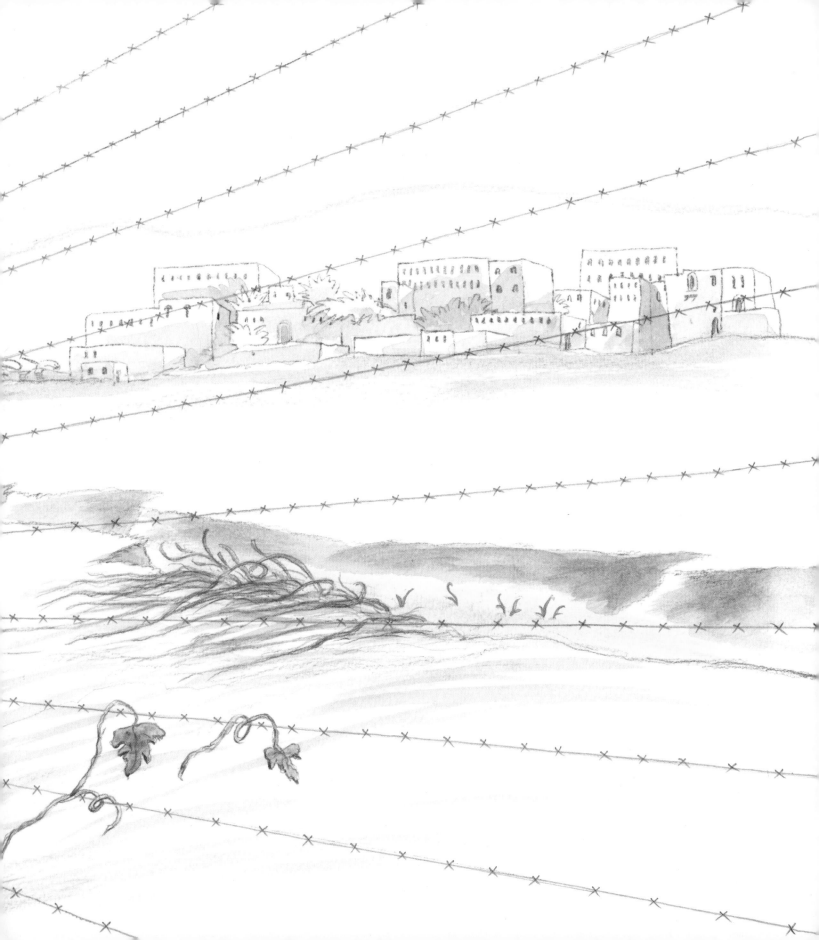

Pero una tarde vio a una niña que jugaba en la zanja.

Tenía un cubo y rociaba las plantitas con agua.

Ella venía todas las tardes.

El niño esperaba que los soldados no se dieran cuenta.

Parecía no importarles que crecieran plantas en su lado de la cerca.

Pasó el tiempo y un día el niño observó que ahora se veían pequeños retoños verdes donde había estado su jardín.

—¡Mira! —gritó—. ¡Ven, mira! ¡Mi enredadera ha vuelto!

Empezó a recoger agua y a cuidar otra vez su jardín,
que pronto llegó hasta la cerca y se entrelazó con los verdes
brotes que cuidaba la niña al otro lado.

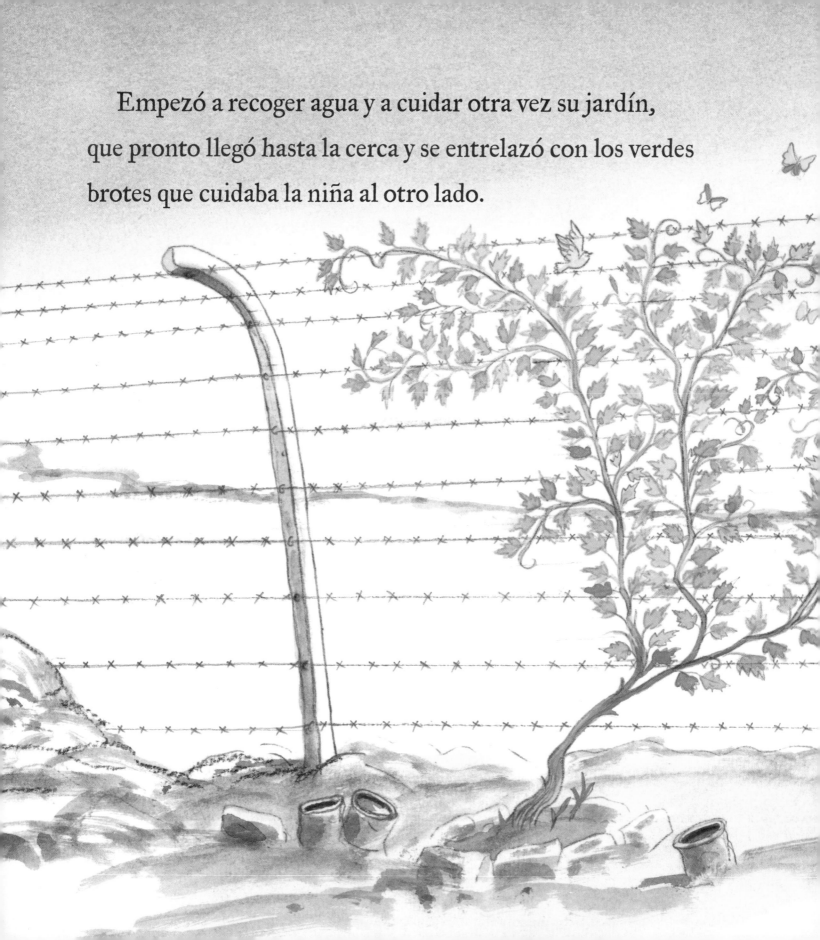

La cerca de alambre desapareció bajo la frondosa sombra y el nuevo jardín volvió a convertirse en hogar de mariposas y de aves.

"Que vuelvan los soldados", pensó el niño. "Las raíces son profundas y las semillas caen por todas partes".

Un día la cerca desaparecerá para siempre
y podremos caminar de nuevo hacia las colinas.

Para mi amigo el doctor Martín Bax,
quien ha mejorado las vidas de tantos niños
en todo el mundo

EL JARDÍN DEL NIÑO: UNA HISTORIA DE ESPERANZA
Spanish translation copyright © 2009 by Lectorum Publications, Inc.
First published in English under the title A CHILD'S GARDEN: A STORY OF HOPE
Copyright © 2009 by Michael Foreman
Published by arrangement with Walker Books Limited, London SEII 5HJ

ISBN 978-1-933032-56-6

Printed in China

10 9 8 7 6 5 4 3 2 1

Library of Congress Cataloging-in-Publication Data
Foreman, Michael, 1938-
[Child's garden. Spanish]
El jardín del niño / Michael Foreman ; traducido por Alberto Jiménez Rioja.
p. cm.
Summary: Living in ruin and rubble with a wire fence and soldiers separating him from the cool hills where his father
used to take him as a small child, a boy's tiny, green plant shoot gives him hope in a bleak landscape.
ISBN 978-1-933032-56-6 [hardcover]
[1. War--Fiction. 2. Poverty--Fiction. 3. Hope--Fiction. 4. Gardens--Fiction. 5. Spanish language materials.] I. Jiménez Rioja, Alberto. II. Title.
PZ73.F5865 2009
[E]--dc22
2008035878